A VIDA
É TRAIÇÃO

RAIMUNDO CARRERO
A VIDA É TRAIÇÃO
CARTA AO MUNDO

1ª edição

EDITORA RECORD
RIO DE JANEIRO • SÃO PAULO
2025

CIP-BRASIL. CATALOGAÇÃO NA PUBLICAÇÃO
SINDICATO NACIONAL DOS EDITORES DE LIVROS, RJ

C311v   Carrero, Raimundo, 1947-
          A vida é traição : carta ao mundo / Raimundo Carrero.
       - 1. ed. - Rio de Janeiro : Record, 2025.

         ISBN 978-85-01-92346-2

         1. Novela brasileira. I. Título.

24-95660   CDD: 869.3
                                   CDU: 82-32(81)

Gabriela Faray Ferreira Lopes - Bibliotecária - CRB-7/6643

Copyright © Raimundo Carrero, 2025

Texto revisado segundo o Acordo Ortográfico da Língua Portuguesa de 1990.

Todos os direitos reservados. Proibida a reprodução, armazenamento ou transmissão de partes deste livro, através de quaisquer meios, sem prévia autorização por escrito.

Direitos exclusivos desta edição reservados pela
EDITORA RECORD LTDA.
Rua Argentina, 171 – Rio de Janeiro, RJ – 20921-380 – Tel.: (21) 2585-2000.

Impresso no Brasil

ISBN 978-85-01-92346-2

Seja um leitor preferencial Record.
Cadastre-se no site www.record.com.br
e receba informações sobre nossos
lançamentos e nossas promoções.

Atendimento e venda direta ao leitor:
sac@record.com.br

Este livro é de Marilena
Dos meus filhos, Rodrigo e Diego
Das minhas netas, Maria Nina, Lena e Olívia

A vida é traição, uma traição contínua. Traição nossa a Deus e aos seres que mais amamos. Traição dos acontecimentos a nós, dentro do absurdo de nossa condição, pois, de um ponto de vista meramente humano, a morte, por exemplo, não só não tem sentido, como retira toda e qualquer possibilidade de sentido à vida.

ARIANO SUASSUNA, *O SANTO E A PORCA*

Este sabia que a vida é uma agitação feroz e sem finalidade
Que a vida é traição

MANUEL BANDEIRA, "MOMENTO NUM CAFÉ"

*Eu fico com a pureza
da resposta das crianças
É a vida, é bonita e é bonita.*

GONZAGUINHA, "O QUE É, O QUE É?"

O menino e a cerejeira

Grande e estranho é o mundo.
Ciro Alegría

O homem empurrou a porta com o ombro e entrou no corredor sombrio, severo e soturno, paredes escuras de luz difusa apenas por baixo da porta; andou lentamente, sem que este lentamente significasse cautela, marcando os passos até chegar à porta da sala onde estava o menino... Solano cantava e apanhava... assassino da mãe, gostava de cantar... de cantar e de se embriagar, mas apanhava sempre, menino bêbado e apaixonado no meio das putas do cabaré... e recitava... lhe disseram desde cedo que para ser homem era preciso beber, recitar, cantar e cair no pagode... amar, amar, amar demais... por que lhe enganaram com tanto amor...? porque no mundo o que existe é traição... mesmo para amar... sempre lhe disseram... o menino sabe, o menino conhece... a primeira palmada vem antes da vida... para viver é preciso apanhar. Escutava o pistão de Miguelão andando naquele lugar chamado Olaria com muito vento, solidão solano, sozinho, só... ainda vou no cabaré, jurava... entrava no mundo e recitava... recitava e cantava... só cantava...

> *A cerejeira não é rosa mais.*
> *Ficou tão triste com o adeus,*
> *E agora para mostrar seu amargor*
> *Não tem mais flor.*

1

Sim, sim, sim, eu sei, não precisa me atormentar mais, por que me maltratar, me maltratar assim? Só porque eu disse

Tem gente que muda de alma para trair melhor?

Assim ele disse e eu repeti, sim, sim, repeti com todas as letras, vírgulas e ritmo, sabe por que repeti? Porque estou sempre magoado com o mundo, sou traído desde a infância, todas as pessoas são traídas desde a infância, mais grave ainda: são traídas e traem, para trair é preciso ser traído, a começar pelas nossas certezas, certezas de crianças. Sim, aquelas com que sonhamos desde os primeiros instantes, desde o primeiro choro. É assim... não é...? Não é só um jeito de falar, de dizer... A gente nem sabe por que e já apanha... Chorando e apanhando... Vem ao mundo e, com o mundo, a traição... O mundo é a traição... O mundo que é a humanidade... Ninguém nasce para apanhar... E apanha... Só porque não chorou na hora, e aí vem aquela tapa na bunda... Essas coisas de viver são incríveis... Ai, se o senhor continuar batendo eu não digo... não, não é agora... talvez depois... Depois eu lhe digo... como é que se diz? Mudar de alma... tem gente assim, só por crueldade, pai, mãe, irmãos, maridos, mulheres, eis o rosário da vida... pois é, a vida é assim, difícil de acreditar, eu concordo, não quero inventar nada... não invento... não sou de mentir... nem nessa hora... quando nasce... nessa hora... Posso fingir...? Ou é melhor mentir...? Nessa hora não se admite mentir ou fingir... Nessa hora quando? Na hora do choro... Na hora da mágoa... A gente nem geme, nem chora, tem mágoa... Se contente em sentir mágoa... já disse, não foi?

Aqui você chora e mamãe não ouve.

Nem precisa repetir, entendo muito bem, está na hora de apanhar... como? Está na hora de apanhar... toda hora é hora de apanhar... desde que o mundo é mundo... Se chorar é pior... quem apanha sabe que é assim... sabe que é dessa maneira... me encanta chamar mundo... o mundo é esquisito, não é...? coisa mais esquisita... apanhar para confessar... confessar como? Estou nascendo agora... confessar se nem nasci ainda... apanha e fica sem confessar mesmo... é assim... vou ficar calado e nem digo mais... Se quiser depois a gente conversa... por enquanto só o choro, não é assim que a gente nasce? Nasce um, está na hora de apanhar; tem aquela outra frase... grande e estranho é o mundo... ou seria...?

Grande, cruel é o mundo... sim, o mundo...

Mundo é assim... sorriso e lágrima na garganta... entra na vida e começa a apanhar.

Longo e sombrio era o corredor em que circulavam choros, lamentações e murmúrios. Pela porta do quarto onde a mãe agonizava, o menino saíra raras vezes, tomado pela dor resistente e cruel. Não queria ver, não queria ver a cena que haveria de torturá-lo toda a vida. O pequeno corpo – era tão pequena, a mãe – coberto por lençóis alvos, a mão descoberta, os dedos brancos, bem brancos, imóveis, sem sangue, feito não tivesse sangue nas veias, sinal de que a morte se encastelara ali e teimava em ficar.

Vou carregar este defunto nas costas pelo resto da vida. Só porque desejei a morte de minha mãe...? Desejar é matar?

Uma incelência entrou no paraíso.
Uma incelência entrou no paraíso.

Entre as sombras, a solidão e a dor, o menino descobrira o pai, aquele que nunca se rendeu à vida, nunca se rendeu ao mundo, nunca se rendeu, agora inteiramente derrotado pela morte da mulher. Não a sua, a do pai, mas daquela que dividira com ele a solidão dos dias, dos anos a fio, sem tempo para lamentar as tristezas, mesmo que a tristeza fosse a melhor companheira no mundo.

Adeus, irmão, até o dia de juízo.

Lamentar não lamentavam, chorar mesmo nunca choravam, o menino nunca os vira chorar, nem uma única lágrima naquela casa, mas conduziam nos olhos tanta força e tanto carinho que lhes davam não só um caráter de permanente esperança, como também uma convicção na felicidade, dessa felicidade que não corria o risco de fugir. Estaria sempre ali, sempre bela e firme, de tal forma que a palavra, aquela palavra, era vulgar demais, vulgar e vazia, de uma vulgaridade que não cabia nas suas vozes e nas suas palavras. A mãe ali estava morrendo. A mãe morre. Ela morre, a mãe...

Adeus, irmão, até o dia de juízo.

Uma felicidade triste, sem precisar se exibir, mesmo diante da gargalhada da mãe, uma gargalhada única, derramando-se em todo o corpo magro, pequeno e fino, vencendo os poros e a garganta, uma felicidade que começava na alma, vencendo o sangue e a carne, conheceu a felicidade triste com a mãe, surpreendendo os olhos que não se moviam e a cabeça coberta de cabelos negros, longos cabelos, depois transformados num cocó simples, singelo e humilde, com fios brancos. Daí essa felicidade triste e humilde, que se encontra nessas pessoas íntimas do coração de Deus. Santificadas ainda em vida, à espera das celebrações religiosas.

Nessa solidão sem lágrimas, o dia amanhecendo, o menino procurava o pai, alto, forte, melancólico, humilde, mas não humilhado, nunca, agora sentado na cadeira de palhinha, as pernas cruzadas, olhando a lenta chegada da morte, impassível, inviolável, intolerante. Acreditava que tudo aquilo era inevitável. O menino acreditava nisso e acreditar fazia-o silencioso, intocado, ainda que uma dor muito estranha enchesse o coração, naquele instante em que a alma conhecia a solidão da ausência, a dor permanente da saudade. Se é que aquilo era saudade, essa marca do ser desabitado... Via o pai sempre na sombra, muito na sombra, na sombra... Encolhido, triste, quieto, forte... mesmo assim forte... de uma força que não lhe faltava silêncio... Mas ele era assim, sombrio, melancólico...

Todos estavam ali diante da morte, e não era uma morte sem sentido, ela vinha agora conduzida pela mão de anjo... O anjo da morte, ele mesmo, fatal... Morte é assim... Pronto... chega e se instala... imóvel...

Eu nunca pensei que minha mãezinha fosse morrer.

A irmã gritou, aquela irmã mais velha, tão alta e tão imponente, nervosa, inquieta, que acompanhou a agonia da noite sentada à cabeceira da morta, segurando o lenço branco molhado. Era um tal grito ingênuo que o menino chamou-a de boba, boba e ridícula. Confiava tanto naquela irmã, uma potestade, que não podia imaginá-la gritando

Eu nunca pensei que minha mãezinha fosse morrer...

Com aquela boca aberta, os olhos arregalados, o nariz vermelho, um rosto besta e desorientado. E ri, o menino ri. Como podia imaginar o dia em que uma irmã tão imponente ia dizer uma bobalhada ingênua daquela. Por isso nem ia chorar, queria rir. O menino disse ao pai, pensa ou pensara, é preciso que mamãe morra para que as pessoas tenham pena de mim. Mas era melhor que mamãe tivesse pena de mim ainda viva. Mas morria. Morria e tinha pena de mim. Minha mãe sempre teve muita pena de mim. Pena, piedade, compaixão, essas coisas. Só ela compreendia. Tinha certeza de que morria dizendo lamento, meu filho, lamento demais, a minha dor é tão imensa. Não ia compreender nunca essas coisas que nos acompanham depois da morte... depois da morte de pessoas que amamos tanto... Ouve então a palavra grosseira, aos gritos

Assassino...

Ele, o pai, gritara. Assombroso, cortante... Doía mais o grito ou a morte?

Ela suspira, jura, a mãe suspira, um suspiro longo e fundo, prolongado. O que chamam de suspiro da morte... é assim... E tosse, repetidas vezes tosse, embora uma tosse contida de quem teme segurar a morte. Feito se dizia morreu contrariado segurando a morte nos dentes.

Chega o padre, seu Venturoso, o padre é chamado seu Venturoso, ninguém sabe por quê... ninguém sabe o porquê é seu Venturoso... Ele devia ter um nome, mas era conhecido assim, seu Venturoso, nem seu pároco nem seu padre, seu Venturoso, assim... O nome dele devia constar dos documentos, mas que documentos? Um proclama, uma exortação, um sermão... Ele chegou e foi entrando, foi entrando, até parece que ninguém via... a batina preta, imensa, as mãos dobradas no peito e o missal socado nas mãos... Depois colocou as mãos nas costas, feito fiscal da prefeitura, na verdade fiscal de defunto... Ou assim: fiscal de chorador de defunto... Queria saber quem chorava porque chorava... Ou quem se passava por chorador... Ali em Arcassanta, quem não chorasse um defunto não era gente humana... Gente, sim, humana, não... Quem falava assim era Matheus, o amigo extraviado que dizia a tantas do dia... hoje é dia de matar gente humana... isso quer dizer, envenenar os peixes para que o veneno matasse o pescador que comia peixe envenenado... menino matador é assim, inventa e mata... e pronto. Acontece o que o menino mais teme ou treme? O padre olha o menino, ele olha o menino, o padre olha, tem carranca, tem zanga, o abismo nos olhos – tem gente assim, não tem? –, o abismo nos olhos, a força nos olhos, feito quem ofende, tanto ofende que mata, feito quem mata e morre... Seu Venturoso, nosso padre, era assim, tão magro, tão seco, tão alto, os ossos estalando no rosto... Engraçado era que seu Venturoso – não era dom Venturoso, não?, menino inventa cada coisa –, deixa assim, fica assim, pronto... Era seu Venturoso, não esqueço nunca... tinha graça, como é que vou chamar o padre de minha infância de dom Venturoso, só pra agradar quem me ouve... Quer acreditar, acredita... não quer, esquece... meu padre da infância é assim... Aliás, minha mãe dizia não é Venturoso, não, menino..., ô menino besta... É Virtuoso... Quem já se viu chamar o pobre padre, faminto e triste, de seu Venturoso, seu Venturoso, menino, é o dono da barraca... Não saia dizendo besteira por aí... Eu só repito a besteira que me dizem... Você tem cada resposta... Quando seu Venturoso marca um, olha e mata... Seu Venturoso matou mais um, diziam... É um jeito muito esquisito de olhar... Não fuzila, olha... um olhar de mistério. Olha tão profundamente... Solano aprendeu desde cedo que tem olho que mata... Tem gente que é assim, entra numa casa, olha a avenca e vai dizendo esta avenca é tão bonita, linda mesmo, linda demais, e no outro dia a planta amanhece morta... Cada pessoa tem sua presença... cada pessoa tem sua farsa. Foi assim que o padre olhou, entrando onde não foi chamado. Olhava para todos os lados, encarando o menino, você está matando a mãe, não está? Você pensa que eu não vejo? Você pensa que não lhe vejo? Menino, cabra safado, eu sei tudo... fui treinado para ver o que pensa, menino safado. E andava, seu Venturoso andava em círculo pelo quarto, andando, andando. Solano se amparava no pai, que também, impassível, olhava o padre. Duas feras se enfrentando. O menino deitava a cabeça na perna do pai e se encolhia, mesmo porque tinha medo de que o padre falasse ele está assustado, está tão assustado. Fique calmo, meu filho, fique calmo, o padre não pode fazer nada com você... Foi aí que entrou dona Quermesse, uma mulher grande e gorda, que andava patinando, exalando um perfume de meio de mata, sem tomar banho, suada. Tinha nojo de dona Quermesse quando ela vestia camiseta e o sovaco ficava de fora, aquele sovaco cheio de pó, o pó amarelado, empapado, mais sujo do que talco, até porque talco é limpo, pó é sujeira do corpo sem banho. Pó ou talco? Tanto faz. Por isso era difícil chegar perto dela, mas no quarto da morta era impossível se distanciar devido ao aperto, tudo muito apertado. E ela passava tresandando a pó queimado, pó queimado do sovaco... Porque, embora na hora da morte tivesse pouca gente ali, agora havia gente demais, muita, muita gente, dificultando a passagem, a caminhada daqueles dois. Seu Venturoso e dona Quermesse, em círculo, naquilo que se convencionou chamar, em Arcassanta, de o Desfile dos Mortos, com eles ameaçando jogar chuvas de estrelas e luas no julgamento de todos nós, os filhos da morta... feito desfile dos artistas do circo.

Depois foi a vez de Maria de Elói, despenteada, entrar na sala, a que morrera na virada do caminhão na serra do Boi Morto... não, não veio buscar a comadre... era para participar do Desfile dos Mortos... está certo, está certo... Não queria ficar distante... sabia que estava salva... tinha lugar certo no Paraíso... Seguida pelo menino João dos Aviões, alma de menino é tão engraçada... mas faltou Luizão, o tal Luís minha Jega, que haveria de ser interessante com aquele corpão todo, tão alto que se curvava com a força do vento, às vezes nem tão forte assim... só o vento, às vezes brisa... Uma ausência, sim, uma ausência muito sentida... no Desfile dos Mortos há sempre espaço para mais um... E quem falta deixa de levar o morto da vez... Já houve caso de morto que deixou de morrer porque o morto da vez faltou... gente assim... Por que você não morreu?, porque meu morto faltou... esqueceu de vir me buscar.

Choram, as filhas choram, as meninas.

As meninas choram, as filhas choram abafando os gritos com a mão na boca. Não devia ter desejado, é verdade, a morte da mãe. Agora não suportaria o sangue do suor entranhado de assassino vagabundo. O grito da mais velha fora a trombeta da morte anunciando e chegando, desabando sobre os soluços e os olhos abertos, escancarados, aflitos. Mesmo assim o pai não movera um único dedo, os ouvidos trazendo a gargalhada triste, esperando por ela o resto da vida, a lembrança da mãe fica nos ouvidos, na gargalhada triste... sua mãe, menino, chora quando gargalha... no suspiro definitivo da morte a mãe fala baixo, chama Bernarda, Bernarda, chama é um modo de dizer, primeiro fala baixo, depois grita, como eram os gritos da velha Gabriela gritando Militão, Militão, nos campos de Verdejante... ali no Poço dos Bezerros. Na hora da morte, os mortos chamam os mortos... Pra que, meu Deus, pra que serve um morto? O menino soube agora que as pessoas iam para casa, para sua casa, quando souberam que a mãe morreu... Todas queriam vê-la, queriam visitá-la... É o que dizem sempre, quando está morrendo, não só na véspera, mas na hora mesmo, as pessoas chamam os mortos queridos para recebê-los na vida eterna... será medo? Tinha gente que via o fantasma de um amigo, de um primo, de um tio caminhando pelo quarto, gesticulando vem, vem, vem, chegou a sua hora... Vem me buscar... Com você eu vou... com os outros não, mas com você eu vou... Cada morto tem seu morto... sabe, não sabe? Perguntaram... Você não foi... meu morto faltou... Tem o caso da vizinha que disse ao marido eu vou morrer amanhã ao meio-dia... Como é que você sabe com tanta precisão? Foi comadre Deusdete quem veio me dizer... entrou aqui e foi dizendo assim... mas comadre Deusdete morreu faz mais dez anos... por isso mesmo... porque morreu é que sabe de tudo...

Dizem que Deus manda um parente, um amigo muito querido buscar... Ô fulano, vai ali na terra e diz a sicrano que ele venha amanhã, tal hora... É só o mensageiro... E assim se faz. O menino pensando eu vou ficar é triste se me chamarem. Eu vou, é inevitável... assim, se me chamarem eu vou, mas vou muito contrariado... e se eu for com você, o que é que acontece? Será bem recebido, muito bem recebido... mas eu não vou... mesmo assim se me chamarem eu não vou... é o que eu quero dizer... isso não se faz... vou sob protesto... Que chamado mais estranho, teve de dizer a uma alma penada... Que se faz, então...? De preferência, não chame...

Até que chegou dona Pinto, naquele dia em que chamaram minha mãe... Ela não gostava porque eu ia ficar sozinho no mundo... Sabe quem é dona Pinto? Uma mulher alta, muito alta, e magra, muito magra, magra demais, vez a vez ameaçando dobrar o corpo, parecendo uma vara sacudida pelo vento. Dobrava, dobrava, mas saía andando assim mesmo... assustada pelos cachorros... comia pão uma vez por ano... para jejuar, dizia... só um pão... e um copo d'água. Dona Pinto bebia só um copo d'água e comia um pão... uma vez por ano... penitência de mulher alta e magra vestida de branco... com a fita azul no peito... somente uma refeição por ano... água e pão... esta mulher tão alta e tão magra... o estandarte da fome, diziam... Teve o dia do susto, ele sabe, teve o dia... Porque naquela casa era assim... No fim da tarde as pessoas se reuniam na cozinha para tomar café no bule... quente, quentíssimo, o café... Se sentavam no fogão de barro e deixavam o bule no meio arrodeado de xícaras, dessas xícaras parecendo copos com desenhos de flores... o fogão de barro lá de casa era enorme... as pessoas passavam e enchiam a xícara, um passava e outro enchia a xícara também... outras pessoas bebiam em pé, quer dizer... muitas pessoas ficavam mesmo sentadas... no fogão... até que vinha uma comadre com cara de novidade dizendo sabe quem esteve aqui agora?, ia passando aí e conversamos de pé no terraço mesmo assim. O fogão era imenso e por isso ficavam sentadas naquela parte, porque o fogo, o fogo mesmo... ficava pequeno, lá no fundo, já encostado na parede... com um bule em cima da... trempe. Sabe quem foi?, foi Antônio Pizarro, está tão magrinho... Antônio Pizarro morreu faz seis anos... mas estava apressado porque ia a um trato de amigo, disse que depois passa por aqui... é já, já... Deve estar chegando... É alma penada? Ainda está pagando os pecados... Vai ver que é a burocracia... mas vem... Nunca mais pense em bobagem. Vou pensar em coisas mais agradáveis. Por exemplo? Não ter, por exemplo, pai... O que é um menino órfão, pai? Você não é um menino órfão... Nem festeje... Não faça festa porque sua mãe morreu... Ninguém vai nunca lhe reconhecer na rua... Sabe esse menino? A mãe morreu. É órfão. Eu estou aqui... Continuo vivo... Quer dizer que o sacrifício de matar minha mãe não serviu pra nada? Você não me matou, meu filho. Nunca me matou. Nunca. E ainda que quisesse não me mataria... Não basta querer para matar a mãe... Então tá...

Assassino da mãe... Assassino da própria mãe... própria? E se não for própria é o quê? Não pense em me matar... eu não vou morrer tão cedo. Não é para agora... mas um dia morre, não morre? Ora, meu filho, que conversa mais besta... A mãe chamando Bernarda, Gabriela, Inês... Os lábios finos e brancos, a mãe tinha os lábios finos, repetindo, repetindo... Bernarda, Gabriela, chamando Mariana, Guilhermina, vem... E o silêncio no quarto... aquele silêncio de almas mortas...

As pessoas começaram a tossir – por que as pessoas tossem tanto durante a vigília de alguém, tossem, espirram e gemem? –, as pessoas, parece, morrem todas de uma vez... Morte coletiva naquela hora. Todos morrem de uma vez. Se minha mãe vai morrer, então todos morrem também...

Sempre assim, então podia aproveitar a tosse coletiva e se arrepender de ter pensado em todas essas coisas... que coisas? De ter matado a mãe, assassino... não é? Agora que todos tossem, que todos morrem de uma só vez... Menos meu pai... Ah, Deus, não deixa meu pai morrer, pelo menos desta vez... e a tosse vinha acompanhada das sandálias arrastando-se no corredor longo e triste, o menino não saía mais para vê-lo, para ir ao corredor. E não precisava o correr, andar é que é uma necessidade ao longo da vida. Adivinhava o arrastar de sandálias. Aliás, suspeitava... Porque se havia alguma coisa na vida que conhecia muito, muitíssimo bem, era o corredor; território permanente de aventuras reais ou imaginadas, território permanente da solidão. Não importa, suas aventuras, sua solidão. Cada palmo transformado em mar ou em oceano, campo de futebol ou pista de corrida. Pouco importa, nem mesmo sabe o que é um oceano. Diziam assim meio sem querer oceano não é mar, mar não é oceano, tudo água salgada, mas não é... Pensar na mãe morrendo não é matar a mãe...? Enfim, tudo a mesma coisa. Mãe não é água salgada, é mar ou é oceano...? Mãe é mãe... e o assunto morre aqui, dizia o pai. Está entendendo, não está? Nem mar nem oceano... se quiser... um mar de afetos... Então para, agora... sem mais... Não importa, o corredor tem uma presença definitiva e fatídica na sua vida. Definitiva, fatídica e eterna. Aos sábados, faz tanto tempo, as pessoas começavam a entrar casa adentro, bem cedo pela manhã. Antes anunciadas, todas as pessoas, anunciadas pelas sandálias ou pelo chiado dos sapatos. E eram tantas, tantas pessoas chegando, chegando e entrando. Os sábados ainda serão os mesmos? Até que as empregadas mudavam a mesa. Mais carne, mais feijão, mais arroz. Churrasco, diziam sou seu primo e se sentavam para comer. Para almoçar, sempre. Vinte, trinta almoços cada sábado, contados pelo arrastar das sandálias e pelo chiado dos sapatos. Diziam sapatos novos. Não tinham dinheiro para comer, como iam comprar sapatos novos? Invariavelmente os sapatos chiavam e por isso eram novos.

Sabia que os sapatos eram novos porque chiavam. Às vezes ficava de pé no fim do corredor, já na sala, para escutar os sapatos chiando. Um espetáculo? Nem sabia o que era um espetáculo. Só porque diziam ele acreditava, até que o irmão mais velho disse aquela mulher é um espetáculo. Daí aprendeu para sempre, mulher é um espetáculo. Quem reforçou foi a empregada. Minervina, tinha uma Minervina, não tinha? Minervina recebia para cuidar dele e tinha um hábito esquisito, ele sabe... Ainda pela manhã, na hora das brincadeiras, ela ia para o terraço, tirava a roupa. Deitava, sim, ela se deitava, levantava a saia, abria as pernas e exigia, beije aqui, nos joelhos, nos pés, na perna, vai, menino, beija... Ela sempre levantava a saia para ele beijar os joelhos... E ele atendia, Solano atendia. Sempre atendia... Solano Só atendia... aquilo era um espetáculo? As pessoas entrando corredor adentro para almoçar eram também um espetáculo... Espetáculo, ora veja... um espetáculo... Se consumia pensando nessas coisas... Se consumia e se martirizava porque não podia esquecer aquela coisa feia que é o inferno... O padre falava muito... e gesticulava... e gesticulava horrorizado... esses espetáculos levam para o inferno... queimando de cabeça para baixo... não adianta orar nem rezar... o tempo de rezar já passou... Eu bem que avisei, não avisei? Tinha vontade de perguntar a cada um que passava: Isso é um espetáculo...? Espetáculo é assim? Mas de verdade, de verdade, uma pergunta perseguia o menino ali todos os dias: Você matou a mãe...? Diga aí?, matou a mãe de verdade, foi? Quem deseja a morte da mãe vai para o inferno? É assim, é? Podia perguntar ao padre, mas o padre não sabe conversar, grita... Padre grita tanto... E vinha logo o arrependimento outra vez... podia ter evitado tudo aquilo... mesmo quando as pessoas o olhavam com aquele olho vesgo, olho trocado, feito diziam. Evitava falar nisso porque podiam acrescentar foi você, mata a mãe e depois vem culpar a mãe. Tinha medo que o pai começasse a falar... Solano desejou matar Norma... E quem diz desejou é o mesmo que dizer matou... sem precisar de mais nada... E quem disse que desejei matar minha mãe...? Nada disso. Quis ser órfão, um menino órfão... Mas também nem sei mesmo o que é um menino órfão... Dizem que é um menino carecendo de piedade... e eu queria que fosse assim comigo, coitado, este menino, tão pequeno, tão novo e já sem mãe... sozinho no mundo, meu Deus... Deus, tenha pena deste menino... coitado... veio ao mundo pra sofrer... tem gente que é assim, não é...? Ô, destino extraviado... Um menino assim, um menino deste assim precisa de cuidado, não é? Assassino, sim, assassino, sim... como é que ia cumprir seu destino na Terra se não matasse a mãe... Desejar é o mesmo que matar? Para depois ouvir, tão pequenininho e já sem mãe... viver sem mãe, maltratado por estranho, porque é assim, porque sem mãe qualquer um pode matar... vai que um dia a mulher, armada com um chicote na mão, entra na casa corredor adentro e começa a bater em Solano, esse menino... chicoteando, ai, não me bata, não...

por que está batendo nele? Porque não tem mãe, e quem não tem mãe merece morrer, está vendo que é assim... Eu sei, eu sei, eu sei que tem gente que nasce para trair... Tem gente que nasce para trair, nem troca de roupa, troca de alma... Como se fosse uma pele, troca de alma como se fosse uma pele... Trai mais fácil do que respira... Já ouviu falar, não já? Cada qualidade de gente, hein? Já ouviu falar nesta gente, sei que já ouviu falar. Pode ser até o seu caso, estou falando com você. Não quer dizer nada, não diga. Essas coisas não se diz... fica calado, troca de alma e pronto... Quantas vezes uma pessoa troca de alma... muitas, muitas vezes, com certeza, nas pequenas e nas grandes ocasiões, vira uma coisa comum... nem precisa ter motivo... Se desejar é o mesmo que matar, então matou a mãe... É assim que se diz? Vamos, diga, é assim que se diz? Queria se esconder no corredor, talvez perto da porta do meio, para evitar a prisão... sua prisão no meio da rua... mas, mesmo assim, o delegado podia entrar porta adentro e prendê-lo no corredor... ou gritar para a empregada: Ei, ei, ei, prende esse menino aí, ele matou a mãe... O que é que é pior...? A prisão ou o inferno...? Ia perguntar ao padre, nem ao padre nem ao pai nem ninguém... ninguém faz uma pergunta dessa a ninguém... É assim e pronto... Nem o corredor servia mais de esconderijo, por isso passou a andar de mãos dadas com a menina no corredor o dia todo, todo dia... Os dois não soltam esse agarrado, é? Isto não é agarrado... agarrado é outra coisa... E é o quê? Mãos dadas... Agarrado é mão naquilo e aquilo na mão... A menina respondia... Está ficando insolente demais... Insolente o quê? Estão salientes demais. Agora vão tomar banho que está na hora... Os dois rindo em silêncio. Esse silêncio que não move os lábios. Inevitável o brilho nos olhos. Mesmo assim os lábios ficavam quietos. E andavam exibidos pelo corredor... Os dois poderiam desfilar nus em pelo no corredor, afinal eram meninos... Quando as pessoas me olham, estão me dizendo você matou sua mãe... não, não matei, respondo... traí meu destino e não matei... porque meu destino – todo mundo tem destino a que obedece na Terra – era matar minha mãe... não matei, e aí traí minha mãe... mas carrego o arrependimento, nunca devia ter desejado, desejado, sim, porque de morte matada não foi, só desejada, morre, mãe, morre, dissera, as pessoas precisam ter pena de mim, faça esta caridade, vai, mãe. Vai... e minha mãe era tão boa, tão boa de verdade que resolveu morrer... e morreu mesmo... morreu ou atendeu...? É assim...? Pondere...

Houve um instante em que esperou ver ele próprio passando... não, você, não... hoje você não vai. Por quê? Porque seu morto não veio... está atrasado...

Enquanto batia, o pai chorava, não suportava a dor dos outros. Por que você está chorando, meu filho? Se continuar chorando assim, eu paro... Mas o senhor está chorando também... Isso não é choro, é lágrima... Nunca mais me provoque esta dor, meu filho... O pai sofria, o pai estava sofrendo... E apanhava, e apanhava, e apanhava... Eu sei, meu pai, eu sei... Mas sem esta dor não consigo parar... Por isso mesmo está apanhando... você sabe, não sabe? Não conseguia olhar para as lágrimas do pai... não conseguia... pai, meu pai, ele dizia, o menino resmungava... só resmungava... começou a gritar, não queria viver esta cumplicidade... por que está gritando assim... por que está gritando? Meu filho... meu filho, meu filho... Nunca mais faça isso... O que foi que eu fiz? Se eu soubesse, não estava aqui com você... Não fale mais... só confesse, basta confessar... Eu sei, eu sei... mas, enquanto você não confessa, a dor é minha... sabe, não sabe?

Os olhos e os ouvidos não esquecem:
    Nua, a menina nua entrou assim, nunca tinha visto antes uma menina nua, quer dizer, ver viu, tinha visto, mas não assim, se abraçando com ele no chuveiro. Os dois nus, o coração no prazer agitado de menino, deram-se as mãos. Sentiu a pele viva, o sangue pulsando, pulsante. Foi quando ela começou a passar mão pequena e lisa no rosto dele. A mão de dedos suaves. Tão lisa, suave e pequena que era como se os dedos fossem a água; ele foi tocando no corpo até que ela deitou a cabeça muito devagar para trás, sem palavras ou beijos, sim, assim mesmo, sem beijos. Afagou-lhe o umbigo, o ventre, o púbis. Deitaram-se.

Os dois ali, sem silêncio, porque a água chicoteava nas carnes e escorria na pele.

Ele se deitou nela, lentamente, experimentando o sabor da nudez, e os dois balbuciaram um gemido. Sim, balbuciaram. Não gemeram. Balbuciaram. O ruído que se forma na garganta, entre cócegas e gemidos...

Ela revirou os olhos, tímida e maliciosa, sedutora e linda. Parecia chorar só, mas ficou entregue completamente. E respirava fundo. Descompassada. Uma mulher é assim, para sempre. Bela, sorrindo, a paixão na carne. Sempre assim, descompassada, com a cabeça no peito dele... Menina... esta menina...

Não largava o sorriso, tão sutil o sorriso, fazendo-se lábios, os olhos brilhando.

A menininha terna. Paloma pacificada com as dores do mundo. Ele viu.

Ela derreou os ombros e relaxou inteira, deitada feito quem se abandona. A tranquilidade que conhece o mistério da carne e não se espanta. A água descia da torneira. Ele, o menino, sentia o sangue latejando. Abraçados...

... e, olhos fechados, a menina suspirava, o corpo molhado. Brilhante. Gargalharam.

Há coisa mais inocente do que a nudez? Malícia só dos outros, dos safados... Agora ele sabe perguntar, se condenando, é verdade, mas pergunta... pergunta e chora... respeite... Não há condenação na nudez... naquela hora não pensou... só assim, ou pensou... brigando... se inflamando... no carinho da pele descoberta...

Você não pode ficar aqui, recebi ordens para ficar com você onde estiver. Aonde for, não importa... risco e alegria... Essa é a ordem... E eu cumpro... Se é assim... É assim... O que foi que aconteceu com a gente? Por quê? Sentiu a mesma coisa?, um choque na alma, beliscando na pele da alma...

De volta ao corredor, entraram no quarto de despejo, onde os meninos costumavam brincar. Meninos se escondem nos quartos e ninguém percebe. Tinham medo... Vestiram lençóis e andrajos para cobrir as partes, disseram. Menina nua é vergonha? Fingiram rir, brincantes de outra vida. Pulando de uma cama a outra, de propósito distanciando-se. Não queriam se tocar para evitar o fogo do sangue atormentado. Fugiam de si mesmos. Fugiam das almas. Brincavam. Não tocavam no corpo, mas a alma sentia. Disseram que é assim. Felizes no sangue e nas veias...

Vai que Solano bate com a sobrancelha na madeira da cama e sangra, a sobrancelha aberta. Ele quase podia ver, de conforme, o sangue banhando o rosto, o rosto de menino assustado, confuso, alterado, entre a dor e o medo... Sempre teve medo... Aí a vida se esgota... Feito andorinha ferida no voo...

Um rosto sujo, ferido, o sangue descendo pelo nariz e pela face, caindo nos cantos da boca, assustador. Quem disse assustador mais tarde, noutro tempo, foi Paloma. Rindo e rindo. Aliviada, a menina via o sangue e o riso do menino ferido. Não está doendo, ele dizia, dizia e repetia, não está doendo, só para despreocupar Paloma. Doer, doía, mas não queria dizer. Menina sofre muito, não vou acrescentar. E não está doendo mesmo, tentava gargalhar, tentava. Ou tenta, neste momento tenta. A gargalhada no meio do rosto ensanguentado e da sobrancelha partida. O sangue metendo medo. E tentava acalmá-la até porque a segurava nos braços, dizia, uma dor tão pequena, dor boba que não quero chamar dor. Só na pele. Dor de pele. Por que dor depois? Mas agradava, agradava a reação de Paloma, que misturava sofrimento com espanto. Fui eu, não foi? Quem lhe acidentou fui eu, não foi? Desculpe, eu não queria lhe maltratar, foi sem querer. Assim, sem querer. Os dois brincavam e, num movimento brusco, ele bateu na madeira da cama.

E ela: não, não, foi um murro que lhe dei, certa de que era apenas brincadeira, mas me acertou e tirou sangue. Nunca mais esqueça, tirou sangue de mim. Entenda, meu bem, entenda. Você entende, não entende? Também, se não entende, o que é que se vai fazer? Viver é assim. Imaginou ainda que rosto era aquele que ria em meio ao sangue com a sobrancelha cortada. Ria e gargalhava.

Ela começou a chorar diante do assombro. Me mantinha assustadíssimo porque não conseguia acalmá-la. Não conseguia convencê-la de que a culpa era minha. Dera um salto muito alto sem me cuidar, daí bati com a cabeça na madeira. Descuidado comigo mesmo. Acho que foi a alegria do gozo. Foi assim?

As pessoas começaram a tossir, e a tosse vinha acompanhada das sandálias, arrastando-se no corredor longo e triste que o menino não saía mais para ver. Até porque o costume daquela casa eram as sandálias arrastando-se no corredor – permanentemente. Sempre. Cada vez mais sombrio e cada vez mais longo – assim era o corredor. Bastava ele permanecer ali sentado junto ao pai, humilde e silencioso, as mãos entre os joelhos. Desamparado. Ali perto, seu Venturoso e dona Quermesse tossiram também. Ao mesmo tempo. A Vaca do Apocalipse tossia tremendo o corpo inteiro. Seu Venturoso fazia esforço para não tremer, a boca fechada e salivante. Solano entendia que ele não queria dar parte de fraco e salivava. Ridículo se cuspindo todo, aquele homem, aquele pároco. Conseguiu um lenço, sim, um lenço, e cuspia no lenço. Um homem tão grave cuspindo no lenço. Cuspia no lenço e depois limpava o rosto.

O pai era só melancolia. Sempre. De uma melancolia que começava nos olhos. Dor calada. Pai é assim...

Andava lento e pesado ao mesmo tempo. Difícil explicar um homem daquele. Tão monumentalmente homem. Um potentado triste. De um silêncio belo e triste. Um silêncio inviolável. Inviolável e intocável. Algo assim. Nunca falou alto. Jamais falou alto. Nem assoviou. O menino achava que ele fechava os ouvidos para não escutar assovios.

Meu pai nunca morreu. Jamais morreria. Não gostava de música. Um homem daquele não morre. E por isso não assoviava. Quem tem a música no sangue não morre. Melodia é coisa triste, quieta. Melodia quem toca é piano, flauta, clarinete. O resto é frevo, barulho, zoada. Metais e percussão.

Solano pensava que mesmo assim a música circulava no sangue daquele homem com o sentimento nos olhos e, por isso, não precisava dela no rádio, na calçada. No coreto. Na igreja. No disco, não; não havia disco naquela casa, nunca houve, mesmo quando as festas batiam nas portas. Só um rádio velho, já nascera velho; nunca o gramofone. O rádio calado o tempo todo. Se alguém queria vender alguma coisa, que vendesse na calçada, pelo rádio não passava. E só. Se alguém assoviava, ele estava ali para perguntar: quer vender o bico? Acho que não gostava de música porque vivia com a música no sangue. Impossível alguém não gostar de música. A mãe, Norma, vivia com a música nos lábios, por isso gargalhava. Aquela gargalhada triste. Essas coisas do mundo. Por tudo isso, ele acredita, sempre acreditou. A mãe gargalhava porque era anjo.

2

Você vai estudar música, foi ela quem disse. O menino flutuou, sozinho flutuando, o que é música? O que é estudar música? Andava pela casa, andava pelo corredor, andava pelo quintal, o querido e carinhoso quintal. No corredor encontrava a inquietação, sempre encontrou a inquietação, andando e andando, afinal, o que é música? Flutuando, flutuando, agora flutuava...

Minha mãe morreu duas vezes. Meu pai, nenhuma...

Mãe não é gente, é anjo... Pai é gente, mas é anjo com voz de gente, e por isso não entende. Nem contou na escola, porque ninguém ia acreditar. Foi mesmo? Não me pergunte de novo, dizia. Tudo isso é mistério de mãe...

A música é sonho, disseram... logo no solfejo ele se surpreende, a música preenche o sonho, o que é sonho vira

verdade, absoluta verdade, e desce pelo sangue, no coração e no peito... flutua, a música é o sonho flutuando...
Ali estavam e ele falava:
O jovem maestro quem disse, você vai receber o instrumento pra semana, já sabe solfejo demais. Solfejara lições, breves melodias, agora bastava querer, cantava e também inventava solfejos, muitas vezes no quintal – o quintal e o corredor atravessados para sempre no seu sangue – conheceu a requinta, o velho maestro dissera entrega a requinta a ele, vai ser um bom músico, está aí em cima do armário... em casa dormiu e acordou no quintal, verdade, onde conheceu a música com sons, gemidos e apitos, muitos apitos... se acostumando com a boquilha... será preciso dominar a boquilha e a saliva... os dedos inseguros nas chaves, nem sabia que aquilo se chamava chaves, sem força para movê-las... e tentando... e tentando e tentava... as chaves e os abafadores... muitas vezes sem som... música sem som... Solano ouvia... não ouvia... e mais um pouco... e mais um pouco... a certeza de que aquilo era música andando no quintal que já conhecia tantas aventuras... nas fruteiras, nas madeiras, no amor triste... porque na casa esta palavra circulava em todos os lugares... Triste? É assim que se diz? Duas palavras permanentes? Triste e severa... assim, repetindo: tudo ali era triste e severo... triste... mas a alma permanecia viva... conheceu a requinta e andava, andava, andava, no outro dia andava... e no outro dia andava, andava, andava... até que a boquilha e a palheta amargaram... e piava, e piava,

e piava... se alguém lhe dissesse que aquilo não era som, não acreditaria... assim, assim, ia buscar o som no fundo da garganta, onde a garganta se encontra com o peito... o som quase roncava, ficava rijo, rouco, forte, mas ainda não era som, nada daquilo era som... retornava a andar... e nunca esqueceu a frase que irrompeu na garganta muito mais do que no coração... eu não vou ser feliz... o que também repetiu... mesmo nos dias em que retornou ao quintal... todos os dias... soprando a boquilha e tentando mover os dedos nas chaves... Será?, será que nunca vou ser feliz... pensava que não conseguiria tocar a requinta, que resistia aos seus apelos... apelos e lágrimas... nunca vou ser feliz... andando, caminhando, andando... Não queria que ouvissem, mas todos estavam com a cabeça na janela... outros vestidos, outros nos pijamas e camisolas...

Só notas que não formavam melodia, disseram, foi o que disseram, seguindo uma linha reta, sabia, era assim, ele sabia, nem sabia o que era melodia... diziam isso é melodia e ele acreditava... De todas as artes, o maestro dizia, é a música que circula no sangue, fica ali farejando o coração, pedindo entrada, e quando entra inventa amor ou suspeita de amor. Você sabe, não sabe? Música é amor... assim, assim, compreenda... Comece outra vez, os dedos batendo de leve na madeira... de novo e de novo... os dois, Menino e maestro inventavam assoviar... assoviavam sempre... Assoviar criando... Era quando a alegria, a triste felicidade, parecia ganhar forma física, e o menino se convencia de que essa era a única maneira definitiva de viver... a música dava forma física ao amor.

Vai que um dia o menino viu a visão. Por isso, viu porque não era uma visão qualquer. Ver a visão, via... Só ele. Distante dos outros. Estavam nus. Empurrou a porta, assim, assim, descuidado. A mão pequena nem chegou ao cadeado. Todos estavam nus. Ele viu, ele vê, ele sabe. Não se escandalizou, preferiu não se escandalizar. Assim. Foi buscar o açúcar no sobrado que a tia Guilhermina lhe pediu e a imagem lhe surgiu assim: rápida e sufocante, bela. Barrigas secas, barrigas proeminentes, músculos, muitos músculos, peles alvas, macias, grosseiras. Era possível voltar correndo para casa, não, não era. Ia enfrentar, ainda mais depois de subir a escada tão alta, muitos degraus, cansativa. Sequer bateu os olhos, ali o susto, a surpresa se expondo, batendo nos olhos.

Nus, pais, irmãos, cunhados, amigos. A maravilha ou o peso da nudez jogada nos olhos, se expondo larga e ensolarada. O primeiro espetáculo do mundo. O que é um espetáculo mesmo? Tremeu, ele tremeu, porque havia também um espelho enorme na parede, e o sol, imenso sol do meio-dia, batia nesse espelho, espalhando fogo, o fogo eterno, o fogo do condenado, foi ele mesmo que concluiu... O fogo se espalhando pela sala e dentro do fogo os corpos, embora fosse a família nua jogando baralho... Se exibindo? Quem sabe, talvez, quem sabe. Nunca perguntou a si mesmo se uma família podia viver nua inteira, toda a família de vez? De uma só vez? Mesmo jogando baralho... E por causa do calor... O calor faz tudo isso e faz mais. O que fez o sol naquele outro lugar. O sol e o calor servem para tudo, servem... Dizem por aí... Por razões de ótica... o espelho tingido pelo sol forte criava uma espécie de caldeirão onde as almas torravam no fogo do inferno ou pareciam torrar... padre Aventuroso dizendo é este o pecado que leva para o inferno... Deus não perdoa. O relógio na parede do inferno prometendo sai hoje, sai amanhã... compreende, não compreende?

Como se dava aquilo? Quem sabe como?

Corpos misturando-se com corpos, abraços e beijos longos e aquecidos, muitos, muitos beijos, mãos nas mãos e nos ombros, naufragavam e voltavam, feito piscinas, tudo assim, os pés subiam no lugar das cabeças, cabeças no lugar dos pés. Gente agarrada pela barriga, gente agarrada pelo pescoço... Viu a menina no inferno. Há pior coisa do que ver a amiga no inferno? Pergunte ao padre... É capaz de o padre ter visto. Padre vê cada coisa...

Paloma também jogava. De pé na cabeceira da mesa, nuinha, ainda menina. Concentrada nas cartas que segurava nos dedos. Sorriu, ela sorriu. Aquele sorriso acanhado no canto dos lábios. O sorriso acanhado de Paloma que fingia timidez. Era assim este sorriso de Paloma, acanhado, tímido e malicioso. Entre a timidez e a sedução, como quem diz venha, eu te amo... venha... O mesmo sorriso que conheceu em Minervina, a moça taluda, que andava sem roupa pela casa, exibindo os peitos leves, róseos, balançando a cada movimento. Foram para a cama os dois jovens, também embaixo do chuveiro, as mãos se arrastando pelos segredos dos corpos, se arrastando entre os pingos d'água, se dissolvendo. Nas curvas e nas retas, no amor de fazer o sangue encher a boca, passando pela garganta, provocando tensão e paixão, crescendo nos nervos, fazendo-se eterno.

A família e os amigos jogando o tal baralho, os cotovelos na mesa, a roda da sorte, diziam, as bundas exibindo-se, lisas e macias, os peitos saltando. Em silêncio. Tudo em silêncio. Em Arcassanta o mundo se move em silêncio, ele sabe. Em silêncio e em desejo. Nem sempre havia mãos escorrendo nos corpos, nos peitos, nas bundas; naquelas mesmas bundas empinadas porque as pessoas tinham os cotovelos enterrados na mesa. Gostava de ver, gostava muito de ver, apesar do susto; lhe disseram tanto que nudez era feio que teve medo também. Se era feio, aquilo era uma exibição de horror. Naquele tempo lhe disseram é feio, menino não pode ver essas coisas. Queria falar. Não gemiam, não falavam, não cantavam, sufocavam. Só estavam nus e jogavam baralho. O que disseram era que era assim todos os dias, depois do almoço, para acalmar o sangue. Com aquele sol fingindo-se caldeirão do inferno. Tudo conforme o pecado, inclusive matar a mãe... sobretudo matar a mãe... inda que seja só por desejo... Você sabe, não sabe? Você já tem lugar reservado no caldeirão... que se cuide, que se cuide... ainda é tempo...

Conhecera Sebasta numa noite, depois do improviso no saxofone – primeiro requinta, depois clarinete, em seguida o alto e, por fim, o tenor, embora gostasse muito do clarinete, para baile entre meninos, foi assim... O baile acontecia nas tardes domingueiras de Arcassanta. Teve medo, um tempo, mesmo quando sabia que era inocência, somente inocência. Nem beijos nem abraços. Tudo inocência, sabia? Assim. Meninos, muitos meninos dançando, pulando, brincando naquelas tardes em que ganhava cinquenta cruzeiros para animá-los. Brincando por ingenuidade, não havia intenção de sexo, até porque nem mesmo naquele jogo de baralho havia sexo. Só a nudez. E foi o que pôde testemunhar. Por um minuto e para sempre. Sem dúvida para sempre. E aquela imagem cruel do sol imenso na parede, o fogo eterno numa luz que se espalhava. O fogo eterno?

3

E foi saindo devagar, lento, bem lento. Querendo sair mesmo, nunca pensou em ficar. Tinha medo. Tinha até medo de ficar. Muito medo. Surpreso e medroso. Não gostava de falar em medo, se esquivando, mas com medo. Pisando de costas para a porta. Caminhava de costas. Não precisava explicar. Nunca queria explicar. Nunca desejou. Desde pequeno. Pequeniníssimo. Tudo assim. Preferia chorar. O choro bobo de menino. Assim mesmo. O choro explicava, e estava explicado.

Continuou caminhando. E aquilo nem parecia caminhar. Para trás? Isso é caminhar? Acreditava. Precisava acreditar.

Mulheres, homens e meninos, todos. Raros meninos, um casal talvez. Menino costuma falar, vim buscar uma colher de açúcar, tia Guilhermina que mandou. As palavras na garganta. O silêncio na boca.

Finalmente voltou correndo, saltando de dois em dois os degraus. Já saindo, perto da porta, cansado e suado, a mulher lhe pegou pelo ombro, pra onde pensa que vai, menino, tão apressado? Parece que viu fantasma? Fantasma fica nu? Queria dizer, queria perguntar. E a boca murcha, parada, sem dizer ou perguntar. Parada, somente parada. E eis: Você não viu nada, menino; não foi, não foi? Ver eu vi, mas não posso falar. Quer dizer que não vai falar? Se eu começar, falo tudo de vez, digo tudo. Então fale, fale, menino.

Se viu gente nua jogando baralho – a mulher era quem cantava – não viu nada de mais, nada escandaloso. Um espetáculo? Nem tanto, meu filho. Não comece a ficar espantado tão cedo. Apesar da vontade de jogar depois do almoço, você ainda viu os pratos na mesa? Todo mundo gosta de jogar nu depois de comer, barriga cheia, sono nos músculos. Você entende, não entende? Aí tira a roupa, sacode a poeira, começa o carteado, abrindo a boca. As pessoas nem sabem mesmo o que estão fazendo. Ou sabem? Algumas vão até dormir. Escolhem camas e se deitam, nuas, sim, nuas, se jogam nas camas. E cochilam. Não me pergunte mais. Estou só atendendo à sua curiosidade. Depois lhe conto melhor. Está bem assim, não está? Não, não está, meu filho. Diga que não está e lhe tiro daqui. Não dê ouvidos a uma conversa dessa, meu filho. Comigo você sai logo e lhe explico direitinho.

Depois da missa, a praça se enchia de pessoas andando, algumas vestidas de preto, a maioria. É verdade. Alguns casais de mãos dadas, por vontade sem explicação dessas razões inexplicáveis, para sempre inexplicáveis, se davam as mãos, talvez para expor amizades, algum tipo de intimidade, mais ainda, em silêncio, passeando, caminhando, andando, em torno da praça que, afinal, servia para tudo. Indo e vindo, as pessoas indo e vindo, serviam para tudo, até que Solano pegava o clarinete e tocava valsas, muitas valsas, distante, num mundo dominado pela solidão. Fazia aquilo mais para ouvir do que para tocar. A música o atraía, é verdade. Às vezes, ia para o corredor e tocava. Aquela música triste, cujo nome nem sabia. Aprendera na partitura da banda. O maestro que lhe dera. Não prestara atenção no nome. A música se arrastando pelo corredor, se detendo nas paredes.

Daí a pouco as pessoas, vestidas de negro ou não, começaram a passar diante da porta da casa dele, os olhos voltados para o menino que, sem camisa, tocava no corredor. Estranhavam porque aquele era um domingo fúnebre, quando a mãe morreu pela segunda vez. Muitas falavam alto, quase gritavam. Jogavam palavras pelas janelas e vinham até a porta. Nenhuma veio reclamar. Quando ele, finalmente, se levantou para ver o que estava acontecendo, a praça ficava vazia pouco a pouco. A sessão musical perdia consistência. Até as pedras se retiraram.

Naquela manhã – existira aquela manhã? –, saiu correndo da igreja, atravessou a praça e empurrou a porta fechada sem trinco. Fechada por fingimento, porque nunca passavam o trinco de verdade, e viu a mãe... num vestido branco voando no corredor, voando da sala de jantar para a sala de visitas. Voava com os braços abertos. Ele pensou em voltar, mas, parado, preferiu a visão. Ela sorria. Solano tinha certeza de que a mãe sorria. A enforcada sorria. Coisa estranha. Quieto, queria saber logo o que aquilo significava. Viu que a mãe tinha uma corda no pescoço. Os braços abertos, mas o rosto era lívido, inteiramente lívido, sem qualquer inquietação. Sem sofrimento, sem agonia. Uma mãe superior. Tão leve, acima de todas as mães. Superior, sim, superior. Menino órfão era isso? Agora sabia que um menino órfão só é órfão mesmo quando vê a mãe voando. Quando a mãe morre pela segunda vez e voa sobre os telhados... E não era uma morte qualquer. Ela morreu sozinha por querer... Morta sem assustar o menino, fantasma que se vê na dobra sombria da noite.

O pai entrou casa adentro e se inquietou. Por que resolveu tocar clarinete logo depois da missa de sua mãe? Foi só vontade, só isso, o senhor compreende, não compreende? Faça o que quiser, o que eu não compreender fica por isso mesmo. Obrigado, pai, quando é que a gente fica órfão mesmo? Você sabe, perfeitamente, pergunta porque quer. Eu não sei, não... Você vai continuar amparado pela família, até porque não morri ainda, e não vou morrer tão cedo... O senhor sabe que não quero isso. Não sei, não. Você pensa cada coisa, é capaz de pensar em viver sozinho. Assim é que fica órfão mesmo. Difícil não é viver, difícil é responder suas perguntas.

Assassino, não é preciso matar a mãe duas vezes para ficar órfão. De minha parte, fique tranquilo, você não vai me matar... Bem, não desejo... De qualquer maneira vou me prevenir... Vou tomar minhas precauções... Nem precisa... está bem, então. Pai, basta desejar pra matar uma pessoa...?

Você pode até desejar, ardentemente, que a pessoa não morre... Mas, se morrer, você não é o assassino. Então, por que me chamou de assassino? O senhor está lembrado. Não está?

Assassino...

O senhor viu agora, não foi? Ela não morreu de morte matada, ela se suicidou. Guarde esse clarinete que não quero ouvir música nenhuma. Não sei o que fiz para ter filho músico, coisa que nunca quis. É destino, pai, música não é desejo, é destino, pai. Música, meu filho, é escola de bêbado. Melhor do que assassino. Parece que é... Música é mágica de anjo, cantando no ombro feito passarinho, descanso de aves sonoras nos campos da alegria...

A mãe, não esquece, ainda estava viva, aquela mulher baixinha, pequena, vestida no terninho verde com frisos brancos, brincando de olhar, a mãe era tão bela que parecia sorrir quando olhava, ele começa a reunir as letras, primeiro para ler, depois para escrever, lembra-se de quando se escondia na despensa da casa, a casa tinha uma despensa, sabia?, toda casa tem uma despensa, está lembrado?, armado de um lápis bronco e uma caderneta pautada para enfeitiçar o papel, era assim que chamava, menino, escrever não era escrever, escrever era enfeitiçar, aí as palavras vieram, sim, vieram muito afoitas, e você as viu se estendendo no papel, longas e gordas. A água não veio hoje, porque queria falar da seca, mesmo assim ficou apenas a frase, única e suspeita de inventar o mundo, escrever pode, escrever pode, mas não pode inventar o mundo porque o mundo já está inventado, nem quis mais continuar, não queria nunca, bastava dizer e estava dito, não se esqueça de que as palavras são poucas e ajustadas no juízo, assim a professora, a professora sempre dizia essas coisas, o que é que tem palavra com juízo?, então achou que o juízo era dela, da professora, daí escreveu no pé da página palavra é água, uma coisa assim, parecida, empurrou a caneta e o papel, não quero mais, sentenciou, e tanto sentenciou que escondeu tudo no móvel da despensa, como quem guarda comida para as necessidades. Além da professora não quis falar com mais ninguém. Reservou-se para as leituras. Foi o que lhe disseram, isto é leitura, basta juntar palavras com os olhos, assim, assim mesmo, meu filho. Leitura é assim.

Ela disse assim mesmo quando ele leu em voz alta, quase cantando, o sim que só ouviria depois no clarinete, aquele antigo clarinete que lhe chegou às mãos pelo maestro, também dizendo leia aqui, leia aqui, mas repare o compasso, sem compasso é som de várzea; ficou sem entender, o que é ler?, palavra ou som? Tudo tem a mesma palavra? Tudo tem o mesmo sentido? Perguntava e perguntava à professora, que, no entanto, ficava calada. Se não gosta, não pergunta... leia e pronto... a palavra ou a nota final tem o mesmo sentido. Foi lendo, foi lendo, e a palavra lhe chegava feito música... feito quem chora no matagal... São palavras, não são?, encha-se de músicas, encha-se de luz, e a história, pronto, a história será escrita... ou tocada... ou cantada... essas coisas... Gostava de sentar no quarto de visitas fechado para tocar clarinete e ler histórias... Era assim... Deixou-se contaminar... A manhã quente de Arcassanta entrava pelas frestas das portas e das janelas..., ouvindo-se, ouvindo... lendo, lendo-se... Este menino inventa, só inventa... Essas coisas... nos sábados, porém, as pessoas chegavam, batiam palmas e arrastavam as sandálias no corredor... As sandálias se arrastavam, os sapatos chiavam e o corredor ganhava aquela vivacidade de feiras e de almoços, grandes almoços de gordura invadindo os pratos, caindo nos cantos da boca, molhando a camisa... bastava saber que acontecia, ver mesmo não ia ver... o menino sabe, sabia, que o importante não era ver, mas ouvir... Essas coisas... Nem precisava explicar ou ser explicado... som. Não se explica, palavra também... Basta ficar ali sentado e testemunhar o cântico da cotovia...

Levaram o menino para conhecer um cabaré. Cabaré? Cabaré é mulher nua, você sabe, não sabe? Você já viu mulher nua? Coisa resolvida, esclarecida, duzentos réis, aquela moeda grande, queimando a mão, para se deitar com um menino pela primeira vez. Diziam especializada, essa mulher. Ele não sabia que era a primeira vez, dizia-se raiou pela primeira vez; tantas as meninas com quem bolinava. Devia trair Paloma...? Foi na casa da mulher, exíminia – exíminia, é verdade? – na arte de bater menino na cama ou na rede, desde que não fosse grande, taludo. Se já for homem eu fico com homem mesmo, desses que já chegam valentes, batendo nas calças. Gosto de criança que tem braços de filho abraçando o pescoço. Pode entrar, menino, aqui ninguém atrapalha. Quando ficou nu ela já estava nua deitada na rede. As pernas abertas batendo com a mão na coxa... venha, venha, meu filho, não tenha medo... que coisa mais murcha é essa, maltratada no entrepernas... é o que tenho, não serve...? Serve, serve, venha. Pode ser que a senhora não queira. Querer eu quero, venha assim mesmo... Foi que ele subiu na rede, só tem rede, se não quiser diga, e ele disse não sei se gosto muito de fazer na rede, de preferência em pé, e segurou no corpo dela... equilibrando feito criancinha... arriou o corpo devagar até que os dois se deitaram... o corpo inteiro sobre ela... mulher era assim? E se ajeitou, e se ajeitou tanto, até tocar no sexo... Era um cheiro diferente, aquele, feito suor e areia, mas lisa, era bem lisinha, a mulher... Ela insistia deixe, deixe, eu mesmo faço... o que era murcho foi se ajeitando, e ela dizendo já está um rapazinho, não pode crescer mais do que isso... Ele respirava fundo e ela... e ela fingindo gostar... eita, eita, já passou de rapazinho, agora é homenzinho, faça, meu filho, faça, não precisa se esforçar, deixe que eu mexo, só um pouquinho mais, só um pouquinho... você está muito atrapalhado, muito nervoso... deixe, deixe, deixe que eu faço, não precisa tremer assim, não sacuda as pernas, não precisa sacudir as pernas, você não está morrendo. Ajeite mais o corpo, aprume, menino, você não sabe nem aprumar, só está atrapalhando... solte que eu faço direitinho... quem já se viu menino tão nervoso... nunca mexeu com menina? É do mesmo jeito, é do mesmo jeito... assim no entrepernas, assim mesmo, assim, vai, menino, já estou perdendo até o gosto... quer passar água... não, não passe, não... molhado fica lisinho, é melhor assim... fique aí se esfregando que a gente grita já... não sabe como é... gritar qualquer um sabe... sim, assim, assim... você fica sabendo se mexendo... sem respirar, sufocando, você não está morrendo... quando eu gritar você sabe que chegou... chegou?, pode gritar, pode gritar, agora pode tremer mesmo, agora pode... faça, meu bem, faça, não pare, não pare... pode sacudir as pernas, agora pode sacudir as pernas, ai, meu bem, ai, meu bem... duzentin já paga, duzentin é bom... não é? É? não pare... você paga, não paga, duzentin, amor...? Faça mais, faça mais, você não se cria, amor... você é para muitas muito divertimento, para muita festa de amor... ai, que duzentin de valor...

Ai, ai, ai... como é que é?

A moeda tilintava na bolsa quando os dois se moveram na rede, o pagamento seria na frente da penteadeira, para testemunhar. Na noite escura de Arcassanta, Solano viu raras estrelas bem distantes, raras e solitárias, depois que a mulher abriu a porta, os meninos aplaudindo no terraço, risonhos e aplaudindo, gritando, urrando e aplaudindo, os meninos eram muitos... gritando o palhaço... hoje tem espetáculo... disseram depois que viram tudo no sufoco da ternura, e assistiram à lutada, portinhola aberta, a bunda grande de Solano subindo e descendo, hoje tem espetáculo... Chiquinha dizendo

> *Ui, ui, ui, que coisa boa...*
> *Ui, ui, ui, como é que é?*
> *O menino fazendo festa,*
> *No segredo da mulher.*
> *Ui, ui, ui, que coisa boa...*
> *Passa boi, passa boiada,*
> *Na enchente da maré.*
>
> *Ui, ui, ui, que coisa boa...*
> *Ai, ai, ai, como é que é?*
> *A criança vira macho*
> *Na festa do cabaré.*

A molecada foi descendo a ladeira do cabaré, observada de longe, portas e janelas abertas pelas pessoas que estranhavam a brincadeira àquela hora da noite, até porque não havia circo novo em Arcassanta. Além disso, o costume era que os homens, muitas vezes solitários, passassem em silêncio, fingindo timidez, esquivos, quietos, chapéus nas cabeças. Os mais afoitos assoviavam baixinho, não mais do que uma valsa retardada, além do tempo.

Os meninos colocaram Solano nos ombros, feito quem carrega um campeão, e gritavam e gritavam e gritavam; ele se sentia cada vez mais homem, mais desesperadamente homem, puro macho capaz de derrubar meninas nas moitas, arrastando para dentro dos matos, levantando os braços, cantando, cantando como quem grita... Em seguida vinha o batalhão que carregava Solano nos ombros, impando de satisfeito, ancho.

Lá atrás, bem lá atrás, vinha a mulher sozinha, Chiquinha gritava solitária... os braços levantados, nua... meus duzentin... ai, ai, ai, meus duzentin...

Afinal, o declarado macho, machíssimo, que se debatera nas entranhas da fêmea, ria de boca a boca. E aquela que devia ser uma cerimônia tímida, calada, transformara-se em desfile de Carnaval...

Quando entraram na praça principal da cidade ouviram o menino gritando... para... para... papai não pode saber... mas já sabe faz tempo, não sabe? Quero descer, quero descer, vai nada, só desce agora na cama de casa, tá com vergonha de quê? Feio é roubar...

Me solta, me solta...

O menino lembrava, ainda, o dia menos festivo em que fora levado pelos companheiros para conhecer o cabaré, dias antes, e encontrara a morte. Bem antes, num domingo, o cabaré de Arcassanta. Era um daqueles domingos ressacados, sombrios, silenciosos e tristes da pequena cidade. Depois da madrugada do sábado, nesse dia em que todos os gritos eram gritados, todas as canções cantadas e todos os insultos insultados, a manhã acordava quieta, cinzenta, de pouco sol e de muita solidão. Solano não se recordava de ter visto dia tão sombrio por onde vivera, embora ainda tivesse visto pouco, tão pouco, o menino. Não viajara muito, não conhecera distâncias. O dia em que a mãe morrera estava distante, bem distante, embora morte de mãe não fosse coisa para se esquecer. Distante, sim; esquecido, não...

Ui, ui, ui, que coisa boa...
Ai, ai, ai, como é...
O menino entrou no mundo
Pela porta da mulher.

Foram dezessete facadas. Ele se lembra perfeitamente do susto. Dezessete? O homem que descia a ladeira contou. Aproximando-se, os meninos viam o grupo conduzindo a rede com a mulher assassinada. Com traição não se brinca, ainda Solano escutou o homem dizendo, a todos parados ali só para ouvi-lo. Ele cantava, dizia uma incelência...

> *Na primeira punhalada,*
> *Minervina estremeceu.*
> *Na segunda, o sangue veio,*
> *Na terceira, ela morreu.*

No alto da ladeira, no encontro do céu com a terra, puro horizonte, as testemunhas viram e disseram que vinha o enterro, o verdadeiro enterro da menina assassinada por causa da alcinha vermelha, audácia sem conta ainda que usasse também no Carnaval, sempre no Carnaval, as meninas desfilando nas ruas de Arcassanta sob o olhar respeitador e quieto das pessoas, tanta gente... mesmo daquelas que não viram... Assassinada ela não podia estar ali, mesmo que gostasse muito do Carnaval, fugindo de casa, pulando o mundo, rebelde, nem sabia, nunca lhe disseram... Era menina e muito menina, não carecia de reclamação... Pensava, mesmo que não pudesse usar a alcinha... pode ver...

> *Ui, ui, ui,*
> *Ai, ai, ai...*
> *Arcassanta nunca vai!*

Sim, assim mesmo, no alto da ladeira, no encontro do céu com a terra, puro horizonte, vinha o enterro parecendo uma procissão, lenta e uniforme. Manoel Fidalgo também não viu, nunca viu, soube. A mulher, que nem era mulher dele, fixe, mulher só de passagem, dia sim, noite não. Menina para as alegrias de minutos, recebeu cliente na casinha do cabaré, disseram, esta, disseram, inferniza a vida de qualquer um. Uma das tantas pequenas assanhadas, que formavam o centro do passa-perna. Clientes indo e vindo, indo e vindo, sobretudo no sábado. Acabada a feira, o compra-não-compra das mercadorias espalhadas no chão ou dispostas nas barracas de ofertar lordezas. Tantas eram e muitas, de cores diversas, divertidas. Variadas, esperando comprador. Aí, depois do sol, noite se aproximando, recolhiam e se dispunham a tomar banhos nos bares, que eram bares de muita serventia. Banheiro com mau cheiro e papéis espalhados por todos os lados. E água, muita água escorrendo no corpo, nos cabelos, nos ombros, no corpo, enfim... Ela guardava uma toalha, mais de enfeite do que toalha, imensa.

Ali, no Caneco Amassado, muitas coisas aconteciam na noite do sábado ou no domingo... Tantas. O campo da liberdade e da libertação. O menino se lembrava. Várias casinhas, várias. Baixas, bem baixas, porta e janela marrons. O teto em triângulo para quem via de fora, chegando. Amarelas para quem vinha chegando. Ou de longe, para quem via de longe. Só assim. Só isso. De uma solidão que se arrastava no terreiro, que se arrastava em pura poeira de vento e areia. Em fila, as casas em fila, as casas em fila com uma maior que era pista de danças... as danças começavam nas noites de sábado, entravam pela manhã do domingo, saltavam esta mesma tarde de domingo sem rádio, vitrola ou disco quebrado, naquela mesma solidão de eternidade, diziam a eternidade começa aqui e, por ser eternidade, não acaba nunca mais. Mesmo que na entrada da noite apagassem os candeeiros, quase sempre com um assassinado estendido no quarto da rapariga. Isso mesmo. Daí a eternidade. Não é verdade que a eternidade tem sempre um morto espichado na despedida do mundo?

Naquele terreiro poeirento, ele sabe, começava o Carnaval, a coisa mais séria e mais organizada daquele lugar... sim. O Carnaval... Aquele homem, mestre Jorge Gordo, imenso, saía da casa, sem camisa, chapéu de palha, lenço de seda na cabeça, a tabica na mão, batendo na perna... logo ele apitava... um apito longo... bem longo... e em seguida as mulheres saíam das casas. Uma a uma, parecia ensaiado... outro apito... mais um apito... as mulheres formavam duas filas ali no pátio... pelo tamanho de cada uma... O vento soprava, o vento soprando levantava muita areia, fazendo redemoinho, o mestre também rodopiava as mulheres, aquelas meninas riam e gargalhavam... brincavam de rir e dançavam... O homem gordo apitava, tentando, ele tentava domar o vento, segurar o vento, ele tentava... e riam e riam e riam... e o vento escapulindo... voando, voando... No meio do terreiro ele tentava domar o vento segurando-o pela mão, e apitava e apitava e apitava... as meninas seguravam e ele que se segurava nas meninas... tudo formando um círculo só até que o vento diminuía, diminuía... ia ficando leve, brando... o vento leve, domando, quieto... As meninas cantando, já cantavam, transformando o homem, mestre Jorge, em brinquedo... ele rodopiava ali... ali essas coisas... Era de se ver aquele homem grandão, embolando, embolando... o vento se retirava para as serras e era de lá que vinha o ruído, o silvado, o apito... o vento se retirando passava de árvore em árvore... movendo na copa das árvores... e entrando no mato... mais a mais subindo a serra... a serra do Caneco Amassado... isto, as serras... Era assim, as meninas rodopiavam para os braços do homem gordo e eram colocadas em filas duplas para o desfile do cabaré... que era uma cerimônia muito bem organizada em que as meninas subiam e desciam a ladeira de Arcassanta com muito respeito e muita atenção... algo que não se vê em comum nas cidades sertanejas ou em qualquer outra cidade do mundo – sempre que diz mundo o menino fica assustado, sempre ficou assustado, um zumbido nos ouvidos, um eco se perdendo no interpor dos corpos, o menino ainda se lembra nesses dias de luto, ouvindo incelências em lugar de frevo, baião, xote... ou melhor dizendo... tudo misturado... ele sabe, ele conhece... a aridez da tarde recebe... a aridez o domingo testemunha... Desde o alto da ladeira elas estão chegando... Exibindo-se, belas, meigas, doces, singelas...

Vestiam sempre ou quase sempre, no Carnaval ou fora dele, as blusas azuis de alcinha, porque era esquisito que elas vestissem sempre as alcinhas que provocavam ferimentos e mortes, dançavam no terreiro, as saias vermelhas, nunca descobrindo os joelhos, recato de moça de família, dispostas aos rompantes do homem gordo, humildes, quietas, ainda que insatisfeitas, sujeitas a ironias e brincadeiras. Era o que Solano nunca viu neste Carnaval só de mulheres guiadas pelo gordo único homem ali, dançavam e dançavam, formavam rodas, dançavam em curva, circulando, circulando, com um pudor de moças, de meninas que nem tinham coragem de levantar os olhos ou as saias, voz de falsete, tantas vozes misturadas que nem sabiam dividir as palavras, até hoje ninguém sabe o que cantavam e se cantavam.

Só tem saudade quem está sozinho
Sem o carinho da recordação.

Até o momento em que se davam as mãos, passando a bomba no posto de gasolina, um gesto infantil de meninas que entram nas escolas, aos aplausos e beijos dos professores e dos pais de pé na porta principal. Na verdade, só o que estava faltando era a lancheira com doces e biscoitos, garrafa d'água pendurada na cintura.

No sol das almas o bloco surgiu inteiro, o menino lembra, no alto da ladeira, ao som da bandinha do mestre Jorge, com ele mesmo assoprando um apito, os braços levantados, a tabica na mão direita, a barriga balançando bem à frente da bandeira, onde se via uma mulher nua exibindo o corpo frágil com um véu sutilmente sobre os seios, num pudor de mulher ainda prestes a entrar na vida, apesar do sorriso lascivo de quem busca a sedução. Só para animar, as meninas diziam, e dona Quermesse reclamando não gosto de exibicionismo, nem mesmo em mulher dona da vida. Reclamava mas não proibia, apenas pedia vá com jeito, basta os olhos para ver e para admirar. Advertência que servia para todo grupo reunido naquela fila dupla, rigorosamente disciplinado, dançando em voltas e voltas, circulando numa espécie de cobra que serpenteava sob a vista rigorosa do gordo. Às vezes davam pulinhos e pulinhos, o menino ria, solto e livre, ria de admiração e homenagem... Pequenos saltos de quem procura acertar a marcha, não perdia a harmonia mesmo quando pareciam tomar o caminho errado. Aplaudia, eufórico, eufórico e feliz, procurando entre elas quem lembrasse Paloma, ainda que fosse apenas na pele, aquela pele leve e sensível de Paloma, essa Paloma que não o largava, seus olhos voltados para o deslumbre do corpo. Sempre o corpo de afeto e carinho. O menino parecia ter as mãos ainda menores quando aplaudia, os dedos finos, finos e longos, cercados de um modo muito estranho de querer bem.

Era este Solano que gostava de ficar ali lendo o mundo, acompanhe essas mulheres ainda meninas, ele sabe...

4

E vinha o batalhão – batalhão, sim, sempre batalhão – que carregava Solano nos ombros, impando de satisfeito; afinal, o declarado macho, machíssimo, se debatera nas entranhas da fêmea, ria de boca a boca. E aquela que devia ser uma cerimônia tímida, calada, transformara-se em desfile de Carnaval para todas as cores e festejos. Quando entraram na praça central, ali exposta diante de Deus, ouviram o menino gritando... para... para... papai não pode saber... Mas já sabe faz tempo, não sabe? Quero descer, quero descer, vai nada, só desce agora na cama de casa, tá com vergonha de quê? Feio é roubar, me solta, me solta, quero descer, desce nada, papai vai saber que o filhinho dele conheceu a porteira do mundo... Teve medo da palavra porteira, coisa mais estranha, até porque se lembrava do sonho. Tivera um sonho? Sim, tomava banho de açude com a namorada, a florzinha do campo, demorara a dizer. Nadavam e afundavam, nadavam e afundavam, até que a menina se abraçou com ele chorando e chorando, chorava de soluçar, desses soluços que balançam a cabeça e os lábios tremem. Para que abraçou a menina? Essa coisa não se faz... quando chegar em casa, vou apanhar... E continuavam nas águas... duas pessoas nuas, nuinhas no pelo... nem que seja menina e menino, que foi que houve? O que foi que houve? Nas palavras cortadas ela conseguiu dizer você abriu minha porteira. Chorando, chorando. Soluçando, soluçando. Na exata hora em que dizia por aqui passou um homem violento. E ele pensou que o porteira era um homem violento, mas ali mesmo sonhou que a porteira se abria para o mundo e nascia um monte de problemas numa menina com a porta aberta...?, e ele gritava aos pulos, sai pra lá, mundo doido, sai pra lá, mundo doido, sai pra lá, mundo doido, um mundo cheio de aranhas e de mosquitos. Também chorava...

Solano não se recordava de ter visto dia tão sombrio por onde vivera, embora ainda tivesse vivido pouco, tão pouco, o menino. Não viajara muito, não conhecera distâncias. O dia em que a mãe morrera estava distante, bem distante, embora morte de mãe não fosse coisa para se esquecer. Distante, sim; esquecido, não; não se esquece o dia em que a mãe morreu. Ou se esquece. Pouco importa. Agora lhe valia a solidão dos dias.

Dezessete facadas.

Naquela hora da bacia das almas, entre o fim da tarde e o começo da noite, as almas vinham.

Dezessete facadas.

Os homens carregavam, numa rede branca marcada pelo sangue, que ainda pingava, o corpo da mulher morta com dezessete facadas pelo marido, nem marido certo porque apenas viviam amigados numa casa de taipa baixinha, onde se beijavam e se grudavam.

Dezessete facadas.

A rede atravessada por uma vara que sustentava os ombros e os pés, as orações cantadas, a dor exposta na embriaguez dos rostos macerados, suados, rostos que seriam de madeira se não fossem os olhos lacrimosos. Inchando os olhos e as palavras turvas.

Dezessete facadas.

Ele se lembra do susto dos olhos ofendidos. O homem que descia a ladeira também contou. Aproximando-se, os meninos viam o grupo conduzindo a rede. Com traição não se brinca, ainda escutou o homem dizendo a todos, parados ali só para ouvi-lo. Manoel Fidalgo não viu, nunca viu, soube, com detalhes. A mulher, que nem era mulher do assassino – onde aprendeu este nome, assassino? –, fixe, propriedade... mulher só de passagem, dia, sim, noite, não. Mulher para as alegrias de minutos, recebeu cliente na casinha do cabaré. Uma das tantas pequenas assanhadas que formavam o centro do passa-pernas. Clientes indo e vindo, indo e vindo, sobretudo nas noites do sábado. Acabada a feira, o compra-não-compra das mercadorias espalhadas no chão ou dispostas nas barracas de ofertar lordezas. Tantas eram e muitas, de cores diversas, divertidas. Variadas, esperando comprador. Aí, depois do sol, se aproximando da noite, recolhiam e se dispunham a tomar banhos nos bares, que eram bares de muita serventia.

Nas noites, a sanfona roncava na companhia de violão, pandeiro e zabumba. Tempos inteiros a sanfonagem gemendo, sem esquecer os bichos lá fora. Depois disso tudo em que todos os gritos eram gritados, todas as canções cantadas e todos os insultos insultados, a manhã acordava quieta, cinzenta, pouco sol e muita solidão.

Dezessete facadas.

Solano não se recordava de ter visto dia mais sombrio por onde vivera, embora não tivesse vivido muito. Dia mais solene e mais triste. O que importava era a mulher assassinada passando ali na rede manchada de sangue. Ela passando, passava, ou eram os homens carregando. Devagar. Carregavam muito, muito devagar, numa solenidade de quem leva o morto para a calçada. Podem, diriam depois. São Pedro, vou consultar o Senhor. Colocaram a rede no chão. Não demore, não demore, a gente está cansado.

Dezessete facadas e a cerejeira.

Na festa à luz do candeeiro, dizem, e o menino escutou, o sem-nome viu a mulher – nova, bem nova, uma facada para cada ano de idade – de cabelos lisos, conversando com o adversário, daí a instantes já estava passando os dedos naquele colar de tecido, peça do vestido da garota. Não gostou, uma coisa dessas não se faz. E o grande Miguelão tocando no pistão a música que os outros cantavam. O homem, chamado Zé, cantava e esfaqueava. Sabe por que esfaqueava? Por causa das tirinhas da blusa... Foi assim... As tirinhas eram para intimidade de cama. E ela ali, ainda tão menina, os peitinhos saltando nos panos. Singela... ouvira singela? Putinha, puta. Não ia suportar.

A cerejeira não é rosa mais.
Ficou tão triste com o adeus,
E agora pra mostrar seu amargor
Não tem mais flor.

Miguelão demorava muito, muito por demais na nota, até que se diluísse no vento que vai e volta, enquanto as vozes cantavam e cantavam, e Heloísa, enganada do destino, o torto destino dos amores, também cantava com os olhos quebrados de lágrimas e de suspiros no peito vazio...

A cerejeira não é rosa mais.
Ficou tão triste com o adeus...

O menino Solano também ouvia de longe, bem longe, aquele som que se diluía nos céus de Arcassanta, tão alto e tão azul, de sol expandindo-se nos horizontes, e sentia inveja, muita inveja, de não ir ao cabaré cantar naquelas manhãs de domingo, sim, naquelas manhãs solitárias e vazias. Haveria de recordá-las em tempos futuros, lamentando o choro e a morte daquela ainda menina assassinada no Caneco Amassado, no pátio do cabaré com dezessete facadas... Quando foi? Quando? Não precisa marcar o tempo, basta lembrá-lo... e pois...

E pra mostrar seu amargor
Não tem mais flor.

Jurava, jurava, o menino jurava, ainda vou estar aí, com cerveja, com muita comida e bebida, mas quero estar aí, e se lambuzava no som da cerejeira de Miguelão, seguido de Luiz, está lembrado, não está...? São assim as coisas, as coisas, se lambuzando em som, cerveja e saudade... essas coisas... De longe ouvia o pistão tocando, tocando, aquela cantiga triste, de cerejeira que não queria florir mais... por causa da mulher assassinada... triste mulher... na verdade, uma menina... na verdade, não era uma mulher, assim já disse, uma menina... só por causa das alças finas... as outras diziam, as alcinhas deixavam o busto à mostra... o busto... mulher minha não usa uma coisa assim, se mostrando...

Nos tempos da lua de sangue, em plena noite de calor, Solano resolveu tocar clarinete para as estrelas, se é que havia estrelas. Para isso se recolhia no velho e querido

Caneco Amassado, onde se encostava na parede, sentado num tamborete, para soprar o clarinete, acompanhado pela banda de sanfona, noite alta voltava para casa, experimentando os primeiros goles de cachaça. Nem gostou, não foi logo que gostou daquela bebida, sentindo inveja dos bêbados que bebiam de um gole só, e nem sabia como eles faziam aquilo. Olhava, olhava, até que aprendeu. Aprender ele aprendeu, ele sabia: bastava não passar pela boca, tudo de um gole só jogado na garganta e daí descendo feroz. A garganta ardia enquanto a bebida caía no peito, escorrendo ao estômago. Bebia assim, rápido, depois cuspindo bala, bola de fogo e saliva. Foi que foi, assim, até beber um quartinho, meiota, garrafa, tudo se realizando na pressa de quem, logo, logo, não suporta e cai nos matos, esperando a ladeira para descer até chegar em casa, em tempo para ouvir o pai onde anda este menino que até esta hora não apareceu? Soube que ele se inquietava e ficava falando, falando, perguntando até a quem passava na calçada, bem na porta da casa, viu Solano? Me fale de Solano, saiu cedo, ainda não voltou... Não era difícil escutar a voz de Solano no meio da rua, não diga a papai que eu bebi, não... Não diga, não, ouviu? Ele não pode saber... Vai daí, o pai entrava em casa, depois no quarto e em seguida na rede, aquele pai só sabia dormir de rede, a cama ficasse para o filho, de preferência bêbado... Quem está aí...? Não é ninguém, não, papai... sou eu... Eu sabia que música é escola de bêbado... eu sabia... Vá se deitar, menino, e não chore... Não estou chorando, não... é só um jeito de abrir a boca... Pelo menos se deite... vai, vai... depois vem dizer que foi só um copo de leite...

Houve uma coisa, essas coisas sempre acontecem, mas não de bebida, ainda era menino numa dessas tardes de sol furando a pele, não por descuido, por admiração... Ainda no aprendizado do clarinete, experimentando as chaves e os abafadores... primeiro olhando o chão, que é que devia fazer, e depois levantando a cabeça, que era o que não devia fazer. E andando, e andando, a cabeça pra cima, olhos de girassol... não viu, é verdade que Solano não viu... galo olhando o alto depois da água... o bico gotejando... o pé sobrou... o corpo voou... na falta de terra, sentiu a água da cacimba... E o tão pequeno corpo entrou na água, o mesmo que tentara gritar antes... não gritou e nem pôde... Descendo e subindo... mamãe... minha mãe...

Na luta contra as águas, afunda aqui, afunda ali, Solano o menino se lembra do dia em que vagava pela Olaria, a solidão da Olaria sonolenta e preguiçosa, ele sente, andando, mas ali não bastava andar, o que a Olaria tem de verdade é o mundo se alargando em sol e nuvens, os ouvidos abertos, cantava:

> *Nunca houve alguém*
> *Que quisesse o bem*
> *Que eu sempre te quis.*

Com o pistão de Miguelão enchendo a alma, a mesma alma, esta alma que agora combate a morte dentro das águas, sim, a morte pela água, sempre teve medo de morrer assim, não tinha onde pegar, água não tem cabelo, e voltava e voltava e voltava, o menino pensa, ele sabe, sabe muito bem, a morte começa pela respiração, pela falta do ar, é assim que se diz?, não pode nadar, quem vive nada, que conhece a vida, então recomeça a cantar esta coisa esquecida: o salão *grenat*. Sabe de quem é essa música, não sabe? É uma valsa de Miguelão, não sabe? Como é que se diz *grenat*? Não quer cantar, quer se defender. Sabe que é preciso se defender. As paredes da cacimba, cheias de musgo, parece, se avermelham, passam do vermelho para o *grenat*, coisa estranha. Gosto, sim, gosto muito do pistão de Miguelão, daquele som firme e sentimental, subindo para o amor e para o céu, será capaz de ser assim? O que mais guardava no sangue, assim mesmo, no sangue, era o som do pistão enquanto caminhava na Olaria e enquanto morria nas águas. Morrer é assim. O que é morrer é assim? Sempre quis saber o que é morrer? O que na verdade sempre soube, enquanto andava sozinho e vago na Olaria. Vendo, vendo mais do que olhando as nuvens que rajavam o horizonte, ficando vermelho, *grenat*, azul, amarelo. Ganhando a intensidade da vida. É uma coisa que gosto muito de dizer, até perceber que o mundo é a presença de Deus, é bom, não é? E ouvindo a mãe cantar:

> *Tão poucos anos de vida*
> *Para tantas facadas*
> *Adeus, amor,*
> *Eu vou partir...*
> *Ai, ai, ai, ai...*

Se lembra de que cantava com a mãe naquele dia da despedida...

A mãe sabia cantar, não sabia, cantava. E cantava com aquela gargalhada triste ao lado da melancolia do pai... Estava morrendo ou era a mãe que morria?

Quem morria?

Lá da praça veio o grito que era uma palavra

> *Assassino...*

Houve um dia em que estava na porta da casa com a mãe quando a banda começou a tocar

> *Ai, ai, ai...*
> *Está chegando a hora...*
> *O dia já vem raiando, meu bem,*
> *Eu tenho que ir embora...*

A modo de despedida

Esta história deveria ter sido escrita e publicada há muito tempo, quando minha mãe, Maria Gomes de Sá, a queridíssima dona Neném, morreu e eu me senti só no mundo. Só e abandonado, embora vivendo com meu pai, Raimundo Carreiro de Barros, o "seu Raimundo", e com meus onze irmãos e irmãs, numa casa extremamente bela e feliz, naquilo que existe de melhor neste mundo de meu Deus.

Ali, conheci a música e estudei com o maestro Moisés da Paixão. No entanto, o meu conhecimento sobre música tem suas raízes nas bandas de pífanos, tão presentes nos sertões brasileiros. Menos de um mês depois, fui arrancado dali para estudar no internato do Colégio Salesiano do Recife, de onde só voltava para casa duas vezes por ano.

Ainda no luto ouvi uma conversa de duas empregadas na cozinha da nossa casa, uma delas dizia que minha mãe lhe pedira para ficar e proteger a família. Ficou comigo um de seus comentários escandalosos e cruéis: "Sempre disse que este menino ia matar a mãe de tanto aperreio. Ele fez o que fez e desapareceu no oco do mundo." Tomei essa frase para mim e comecei a me sentir culpado pela morte de minha mãe, carregando essa culpa no sangue durante muito, muito tempo. Contudo, não sou, de forma alguma, assassino da minha mãe, algo que nunca aconteceu de verdade.

Fica claro, portanto, que esta é uma obra de ficção. Apesar da invenção – acredite por favor –, a cada momento a falta de minha mãe me tortura, me incomoda mais, sobretudo porque me lembro do carinho imenso com que ela me tratava. Ave, dona Neném, minha alma atormentada vos saúda!

Este livro foi composto na tipografia Granjon LT Std,
em corpo 12,5/15,5, e impresso em
papel off-white na Bartira.